Undergiven Författare

Erika Sanders
Serier
Dominans och erotisk underkastelse

# Synopsis

Samanthas största rädsla var att någon skulle känna igen henne på dessa bilder.

Men det problemet löstes genom att använda en tunn mask.

Masken var liten och täckte bara hans ögon och näsa, vilket var tillräckligt bra för att behålla hans anonymitet.

**Undergiven Författare** är en roman med starkt erotiskt BDSM-innehåll och i sin tur en ny roman som tillhör samlingen Erotic Domination and Submission, en serie romaner med högt romantiskt och erotiskt BDSM-innehåll.

(Alla karaktärer är 18 år eller äldre)

# Anmärkning om författare:

Erika Sanders är en välkänd internationell författare, översatt till mer än tjugo språk, som signerar sina mest erotiska skrifter, långt ifrån sin vanliga prosa, med sitt flicknamn.

# Index:

# UNDERGIVEN FÖRFATTARE
## ERIKA SANDERS

11

# DEL ETT
# REAKTIONEN

# KAPITEL I

Samanthas största rädsla var att någon skulle känna igen henne på dessa bilder.

Men det problemet löstes genom att använda en tunn mask.

Masken var liten och täckte bara hans ögon och näsa, vilket var tillräckligt bra för att behålla hans anonymitet.

Hon gjorde olika poser för fotografen.

Det var ett elegant skjutpass med en undergiven ton.

Flera rep band lätt hennes lilla och tunna kropp, som var täckt med en tunn svart klänning.

Hennes handleder var också sammanbundna och nu togs bilder av henne liggande på marken.

Det var en konstsession gjord av en halvkänd lokal fotograf, som sålde porträtten på olika konstgallerier.

"Så, väldigt vackert", sa fotografen och gick därifrån. "Vänd dig. På magen. Bra. Rulla över."

Det var det roligaste Samantha haft på länge.

Hon vände sig om som en bondage-valp.

Sedan rullade hon tillbaka.

Det var ett litet leende på läpparna som levde ut sin fantasi.

Fotografen lade märke till Samanthas leende och han log tillbaka och tog fler bilder under processen.

"Jag tror att vi är klara för idag", sa han och sänkte kameran. "Du var utmärkt."

Hon reste sig och gick mot honom med sina bundna handleder pekande framåt.

"Jag gjorde precis som du sa till mig", log han.

Fotografen knöt upp hennes handleder och befriade henne till slut från träldomens alla rep.

Det fanns små röda märken på hans handleder.

"Förlåt för det. Jag kanske gjorde dem lite för tajta."

Hon skakade på huvudet och tog av sig masken.

"Oroa dig inte för det. Jag tror att jag drog för hårt. Och märkena kommer snart att blekna."

"Tuff tjej."

"Apropå att vara tuff, finns det någon chans till extrajobb?"

"Det beror på", svarade fotografen. "Det är en kommande konstutställning om några veckor. Om dina porträtt säljer, skulle jag gärna anlita dig för fler bilder."

Hon log.

"Jag ser fram emot det."

# KAPITEL II

Efter att ha klätt på sig gick Samantha direkt till sitt sovrum.

Det var fortfarande mycket skolarbete att göra.

Den mest utmanande klassen under terminen var hennes kurs i kreativt skrivande, som fokuserade på att skapa berättelser i full längd.

Det var den klass han helst ville jobba på eftersom den gav honom utrymme att skriva.

Hon älskade att skriva.

Och hon ville bli romanförfattare en dag.

Viktigast av allt, det gav honom en plattform för att börja skriva sin första roman under ledning av en framstående professor.

Han var en professor som jag hade beundrat djupt långt innan jag gick i hans klass.

Han var en professor som hade skrivit flera böcker, som Samantha hade älskat och läst under sin uppväxt.

De gamla böckerna påverkade Samanthas skrivstil, och hon var exalterad över möjligheten att få honom att lära henne.

Hon skrev färdigt en ensidig kontur av sin nästa utarbetade berättelse medan hon satt på sin säng.

Han behövde skicka den till professorn innan hans nästa möte.

Efter att ha tillbringat timmar med att skriva och tänka bröts Samanthas tranceliknande tillstånd av några knackningar på väggen.

Det var hennes vackra rumskamrat och bästa vän sedan gymnasiet, bara klädd i en handduk och med håret nytorkat efter en dusch.

"Skriver du fortfarande på dina saker?" frågade Vicky.

"Åh, visst, jag jobbar fortfarande på det."

"Så, hur gick dina bilder idag?"

Samantha gjorde tummen upp.

"Ganska bra."

"Jag skulle älska att se den nya boken."

"Vänta, låt mig kolla om han har skickat dem till mig ännu."

Samantha öppnade snabbt sitt Gmail-konto och såg några nya e-postmeddelanden.

Det kom ett mejl från fotografen som öppnade och laddade ner filen den innehöll.

Det blev trettioåtta bilder totalt.

" De är här, jag skickar dem till dig direkt," sa Samantha. "Och låt mig veta vad du tycker. Personligen tycker jag att det är en väldigt bra sak. Jag gillar det bättre än vad jag gjorde förra gången."

Naturligtvis värderade Samantha högt Vickys åsikt i frågan, eftersom hennes vän hade gjort mycket modellarbete själv, och hon planerade också att jobba i modebranschen en dag som designer.

Vicky tappade handduken och stod naken.

"Jag ska kolla upp dem senare. Har du duschat än? Den festen är om en timme."

"Oh shit."

Vicky tog på sig en bh.

"Det är en sån där dag, va?"

"Fan, vänta."

Samantha öppnade snabbt sitt mejl och skrev ett meddelande till professorn.

Hon bifogade Word-dokumentet och skickade det sedan.

Sedan öppnade Samantha ytterligare ett mejl och skrev ett kort meddelande till Vicky.

Hon bifogade filen med de trettioåtta undergivna slavbilderna och skickade mejlet.

Samantha stängde sedan sin bärbara dator och hoppade upp ur sängen.

Hon gick förbi sin halvnakna rumskamrat och in i det lilla badrummet som fortfarande var lite fuktigt eftersom Vicky precis hade använt det.

Han klädde av sig, gick sedan in i duschkabinen och öppnade kranen för att släppa lös ett vattenfall med varmt vatten.

När hon tvålade och schamponerade håret tänkte Samantha på sitt nästa skrivprojekt och på ett möte med professorn.

Han funderade på hur han skulle förklara sitt jobb.

Hur skulle hon presentera det.

Hur skulle han uttrycka sig?

Huvudpunkterna ville han förmedla så att professorn skulle förstå hans tankar och förhoppningsvis ge honom välbehövligt godkännande och förståelse.

Han tänkte också på triviala saker, som vad man ska ha på sig.

Hon ville se elegant ut, men vågad, utan att sända fel signaler heller.

Hon ville framstå som smart utan att vara för spänd.

Han ville inte heller verka för enkel eller lätt, annars skulle han förlora lärarens respekt.

Hon behövde se bra ut.

Kanske skulle han fråga Vicky om hennes åsikt senare i den frågan också.

Samantha stängde av vattnet, torkade håret och gick tillbaka till studentrummet, där Vicky redan var klädd och använde sin egen bärbara dator.

"Vad tycker du om bilderna?" frågade Samantha och tittade in i sin garderob.

"Du menar ditt skrivande?"

"Nej, till mina bilder, så klart."

"Tja, du skickade av misstag din text till mig," rapporterade Vicky. "Det ser ganska bra ut. Jag är inte mycket av en läsare, men jag skulle köpa den här boken om du skrev den."

Samantha frös.

Hans ögon vidgades och magen sjönk.

Han rusade till sin bärbara dator och kollade på sitt Gmail-konto.

Han kollade sina skickade e-postmeddelanden för att se meddelandet han hade skickat till professorn.

Sedan tittade han på den bifogade filen.

"Herregud".

Han täckte sin mun med handen när han insåg att han av misstag skickade de trettioåtta träldomsbilderna till professorn.

"Mitt...liv...är...förstört", gnällde Samantha och föll ihop på sin säng och ville gråta samtidigt.

"Shit, har du precis skickat de här bilderna till din lärare?" Vicky skrattade på ett roligt sätt.

Samantha begravde sitt ansikte i kudden.

"Jag vill inte prata om det."

"Titta på den ljusa sidan. Om han är en normal kille, kommer han förmodligen att ge dig ett A för klassen. Nackdelen är att du förmodligen måste suga hans kuk. Om han inte är het, då kommer du att vara med om en njutning. Du vet, allt det där lärare/elev-temat."

"Jag ska träffa honom imorgon. Gud, jag hoppas att han inte anmäler mig för att ha försökt begära sex eller något. Jag kan bli utvisad från skolan."

"Finns det en regel mot att skicka undergivna bilder till läraren?" frågade Vicky.

"Vet inte."

"Jaha, du duschade supersnabbt. Han kanske inte har sett den än. Varför ringer du inte honom och säger åt honom att undvika att titta på din mejl?"

Samantha satte sig upprätt med tårar i ögonen.

"Du är ett geni."

Han letade i kursprogrammet efter professorns mobilnummer, men det fanns inte där, till skillnad från andra professorer.

Det enda sättet att göra skulle vara att be att han inte har sett den ännu.

Hon skickade ytterligare ett varningsmeddelande i förväg.

Hon skickade ett mejl med rubriken: ÖPPNA INTE DEN ANDRA E-POSTEN

"Lärare,

Jag är Samantha. Vi har en tid i morgon bitti. Jag skickade ett nytt mail till dig för en stund sedan. Jag hoppas innerligt att han inte öppnade den. Om inte, snälla gör det inte. I så fall är jag mycket ledsen. Det var en olycka.

Här skickar jag min text till dig.

Jag hoppas att detta misstag inte äventyrar vår akademiska relation. Jag planerar fortfarande att träffa honom imorgon för att diskutera skrivarprojektet.

Med goda hälsningar,

"Samantha."

Sedan bifogade han filen med skriften och kontrollerade att han gjorde det rätt den här gången.

När meddelandet skickats föll Samantha tillbaka på sängen.

Hon insåg att hennes handduk hade öppnats och att hennes vänstra bröst var delvis blottat, men hon brydde sig inte.

Jag hade fortfarande en fest att ta mig till.

Men han hade ingen aning om han någonsin skulle kunna ha kul igen.

# KAPITEL III

Strax innan morgonmötet slog sig Samantha in genom att ta fram några kläder ur sin garderob.

Kakibyxor, en vit button-down skjorta och en mörk väst.

Informellt, men med klass.

Hon bar håret i en hästsvans och bar minimalt med smink.

Det sista jag ville göra var att ge ifrån mig erotiska vibbar, särskilt efter det där fruktansvärda mejlmisstaget, som professorn inte heller brydde sig om att svara på.

Hon gick till hans kontor i humaniorabyggnaden.

När han kom dit såg han genom glasdörren professorn sitta bakom sitt skrivbord och använda datorn.

Samantha var lite irriterad över att professorn var vid sin dator och brydde sig aldrig om att mejla tillbaka henne.

Nåväl, tänkte han, det skulle ha besparat honom en del av besvärligheten.

Han knackade på dörren för att få deras uppmärksamhet.

"Precis i tid", sa professorn. "Stäng dörren och sätt dig."

Läraren var mycket äldre än henne.

kanske fyrtiofem eller femtio år gammal, dubbelt så gammal som han.

Han var ganska stilig, med ett strängt och starkt uppträdande.

Det fanns en känsla av visdom över honom, vilket gjorde det uppenbart att han var en mycket intelligent person.

Han stängde dörren och satte sig i stolen framför lärarens skrivbord.

Han satt upprätt med perfekt hållning, medan ämnet för mejlet fortfarande dröjde kvar i hans sinne.

Hon undrade om han skulle ta itu med det eller inte.

Hittills verkade det inte vara fallet.

Istället lade professorn ett papper på skrivbordet.

Det var en utskrift av Samanthas läxor, med handskrivna anteckningar överallt.

"Jag är old school", sa han. "Jag föredrar att skriva på papper och kommentera med en penna. Ska vi börja nu?"

Hon nickade.

"Självklart."

"Jag ska komma till punkten, jag gillar dina idéer. Berättelsen om en ung kvinna som har hittat sin väg i livet är mycket återkommande, men det här är en ny vändning. Om jag minns rätt, den första dagen av kursen sa du att du ville bli romanförfattare, eller hur?"

Hon nickade.

"Det är så det är."

"Och du sa att du ville göra det här till din första roman som du hoppas kunna ge ut en dag, stämmer det också?"

"Det är helt korrekt. Och jag har inte berättat det här, men jag är faktiskt ett stort fan av dina böcker. De är inspirerande för mig. Och jag uppskattar verkligen dina kommentarer."

"Jag uppskattar de vänliga orden", sa han i en lugn ton. "Jag finns här för dig och alla mina andra elever. Det var därför jag blev lärare, för att förmedla mina kunskaper, vad jag än har, för att hjälpa nästa generations författare."

Samantha tittade på honom med en blandning av oro och ångest, som om hon var djupt förödmjukad när hon bara satt där.

"Någonting är fel?" frågade läraren.

Hon tog mod till sig.

"Kollade du mejlen igår kväll?"

"Självklart gjorde jag det. Vi diskuterar din skrivuppgift, eller hur?"

Hon kände sig som en idiot.

"Inte det mejlet. Jag syftade på det andra, du vet, mejlet som skickades av misstag. Det fanns en bifogad fil. Har du laddat ner den?"

"Det är mitt jobb att titta på vad eleverna skickar till mig. Så ja, när jag såg bilagan öppnade jag den."

"Såg jag mina bilder?" frågade Samantha retoriskt.

"Rubriken på ditt mejl var att det var din läxa. Jag är ingen tankeläsare, Samantha. Ja, jag såg dina bilder. Men skäms inte."

Hon andades en kort suck av lättnad.

"Så du är inte besviken på mig?"

"Varför skulle jag vara?"

"För att hans student, som går på ett prestigefyllt universitet, kommer att posera för sådana bilder."

"Jag dömer inte människor för att de utforskar andra vägar", svarade han. "Det är vad livet handlar om, eller hur? Att upptäcka vad du gillar, vad du inte gillar och sedan fatta beslut."

"Tack."

"Därför att?"

"Tack för att du inte är en idiot", sa han. "Ursäkta mitt språk, men jag är säker på att andra professorer vid det här universitetet skulle ha utvisat mig. Antingen det, eller så skulle de kräva oralsex eller något."

"Faktiskt var jag på väg att begära dina tjänster."

Hon var överraskad.

"Jaså?"

"Jag skojar bara. Du har förmodligen rätt. Andra lärare kanske har tolkat det mejlet som en sexuell begäran. Men jag är inte som andra lärare. Jag förstår att folk gör misstag med mejl."

"Hur är det med själva bilderna?" hon frågade. "Anser du att det är ett misstag från min sida?"

"Gör du?"

Samantha satt lång och trotsig.

"Nej, jag vet inte. Jag är stolt över bilderna de tog på mig. Jag tycker att de är vackra och konstnärliga."

"Om det är vad du tycker, vem är jag att döma?"

"Jag är glad att vi kom på det", svarade hon lättad.

"Varför införlivar du inte detta i din roman? Du har antytt sexualitetsteman för berättelsen du planerar att skriva, så varför inte införliva en del av detta? Du behöver inte gå in på detaljer, utan prata om din egen utforskning."

"Ärligt talat, jag vet inte om jag kan göra det."

"Har du erfarenhet av livsstilen på de bilderna?" frågade han.

Hon skakade på huvudet.

"Inte riktigt ".

"Varför inte, om jag får fråga?"

Samantha tänkte en stund.

"Jag har aldrig hittat någon jag kan lita på att göra det. Jag menar, att ha sex är en sak, men underkastelse är något annat. Jag känner att det är mycket mer intimt och bara bör delas med rätt person."

"Det är därför jag gillar dig. Du är smart, begåvad och stark. Det finns många idioter där ute. Men en sann Mästare - undergiven relation bygger på tillit och tillgivenhet. Mästaren måste respektera den undergivna. Det måste finnas tillit. Först då kan en undergiven vara helt fri att släppa taget."

Ett leende dök upp på hennes läppar.

"Hur vet du allt detta?"

"Jag brukar inte prata om det här, men jag var en mästare för flera kvinnor i mitt liv. Kvinnorna var väldigt undergivna och gav mig fullständig lydnad. I gengäld tog jag hand om dem, känslomässigt och sexuellt. De var relationsbaserade på förtroende och ömsesidig förståelse."

Ett ögonblick blev Samantha förvånad.

Hon förväntade sig att kontorsdatumet skulle vara smärtsamt besvärligt.

Istället fick hon en sexuellt avancerad lärare som tydligen förstod henne.

"Det är okej", sa hon. "Jag tror att du har rätt. Det är vettigt att införliva några av dessa saker i mitt skrivarprojekt. Inte allt som har med slaveri att göra, uppenbarligen, utan självreflektion och upptäckt."

Läraren vek papperet.

"Så nu behöver du inte alla mina anteckningar, eftersom berättelsen har förändrats. Men ta dem med dig. Jag föreslår att du hittar en ny berättelse för den andra halvan av din roman, tillsammans med ett nytt slut. Många elever tycker att detta Själva kursen ska vara ögonöppnande. De lär sig saker om sig själva under skrivprocessen. Det är det jag älskar med att undervisa."

En känsla av besvikelse sköljde över Samantha när läraren lade det vikta papperet framför henne.

"Är vårt möte över?" hon frågade.

"Ja. Du måste så klart ändra delar av din berättelse, så mina kommentarer där är i princip värdelösa."

"Kan vi träffas igen? Jag ville ändå prata med dig för att få lite skrivtips."

"Vi kan diskutera skrivandet när du har fått din tomt hanterad."

En känsla av nyvunnen självförtroende och förståelse sköljde över Samantha.

Det var som en uppenbarelse.

Hans kärlek till slaveri och skrivande kom tydligen samman för första gången.

Hon nickade.

"Tack för allt. Du är bäst."

"Varför får jag en känsla av att du planerar något?"

"Bara min första roman", log han.

"Jag menade det jag sa. Jag gillar det faktum att du är försiktig med dina fantasier och din kropp. Om jag bara kan lära dig en sak är det att inte göra något dumt med din kropp. Respektera dig själv. Det är det viktigaste något jag kan lära en ung kvinna som du."

I det ögonblicket kände Samantha något för professorn.

Han kände det i sinnet, hjärtat och mellan benen.
Hon visste det.
Och professorn insåg vad hon måste tänka.

# DEL TVÅ
# BILDERNA

29

# KAPITEL I

Det gick några veckor.

Med framgången på konstgalleriet bad fotografen Samantha att återvända till studion för att ta fler fotografier, och hon tackade gärna ja.

Det var deras chans att fly livets stress och ägna sig åt en fantasi.

Dessutom var pengarna han skulle få för det bra.

Som kostym bar hon en liten svart outfit, som bestod av en läderbh och trosor.

Han bar också svarta stövlar.

Till sist, och viktigast av allt, bar han den lilla svarta masken.

Gud förbjude någon som kände igen henne.

När hon tog på sig klädseln och masken kände Samantha en våg av spänning när hon förberedde sig för fotograferingen.

På ett märkligt sätt förstod hon vilka behov missbrukarna hade.

Detta var hans beroende.

Något jag längtade efter känslomässigt och fysiskt.

När hon var klar gick hon in i studion där fotografen förberedde sin kamera.

Lamporna, rekvisitan och bakgrunderna var redan på plats.

De hade sina vanliga prat och skämt.

Samantha uttryckte sin tacksamhet och glädje över att de andra porträtten hade sålt bra.

Fotografen påpekade att allt var tack vare henne.

"Ska vi fortsätta där vi slutade?" frågade fotografen och höll kameran i handen med remmen runt halsen.

"Egentligen skulle jag vilja prova något lite annorlunda idag."

Han verkade öppen för det.

"Har du något i åtanke?"

"Inte riktigt. Jag vet inte. Men jag känner mig lite mer äventyrlig."

Han tänkte en stund.

"Vad sägs om att visa lite mer hud? Jag vet att du alltid har varit orolig för det, men mer hud brukar hjälpa till med försäljningen."

Efter en kort stunds tvekan drog Samantha ner den vänstra sidan av behån, vilket delvis avslöjade hennes lilla rosa bröstvårta.

"Vad sägs om det?" hon frågade.

Han förblev professionell om det.

"Vi kan göra så här. Visst. Vad sägs om slaveri? Samma som förut?"

"Händerna bakom min rygg den här gången. Och på mina knän. Jag gillar hur sårbar jag kommer att se ut."

"Var det något i ditt kaffe idag?" han skämtade.

"Lämna det. Jag är bara en kvinna med en idé i åtanke."

"Vad du än säger. Jag gillar den idén. Låt oss börja med det här. Jag knyter dina handleder bakifrån."

Fotografen sänkte kameran och lät den hänga i hans hals.

Sedan gick han efter repen.

Samantha vände sig om och lade händerna bakom ryggen.

Innan han band repen till henne stoppade hon honom.

"Vänta, vänta lite."

Samantha sträckte sig framåt och drog ner den högra sidan av sin behå också en aning, och exponerade hennes två små rosa bröstvårtor.

Sedan förde han snabbt händerna bakom ryggen igen.

"Okej, jag är redo nu", sa hon.

Fotografen band repet och bildade en knut som sammanfogade Samanthas händer.

Detta gav henne en konstig känsla av tillfredsställelse, speciellt nu när hennes bröstvårtor var blottade.

"Nu är vi redo att gå vidare. Ge mig en pose. Eftersom du känner dig äventyrlig idag låter jag dig improvisera. Gör vad du vill."

Samantha konfronterade fotografen, som tog några steg tillbaka och började ta bilder.

Det fick henne att känna sig konstigt att en man tog bilder av hennes nakna bröstvårtor, medan hennes händer var bundna.

Det var så spännande och hon kände ett surr mellan benen och stickningar genom bröstvårtorna.

Det var inte mycket han kunde göra med sina armar.

Och jag var van vid att få instruktioner när jag modellerade.

Så början var lite jobbig.

Han vände sig långsamt vid det och rörde sina axlar, höfter och fötter för att bilda olika poser.

Sedan gick han på knä.

En sårbar pose.

Han tog olika bilder från olika vinklar.

Hon vände sig på sidan.

Han tog fler bilder av det.

Hon rullade över och pressade magen och bröstvårtorna mot golvet.

Han tog bilder på hennes rumpa.

Sedan rullade hon på ryggen, händerna bundna bakom sig, bröstvårtorna pekade upp i luften.

Han tog fler bilder och kände en adrenalinström.

Tack gode gud för masken, som gjorde att han kunde bevara sin identitet när dessa bilder skulle publiceras i olika konstgallerier, sett av Gud vet hur många människor.

Exhibitionism var en märklig känsla för henne.

Men inte så mycket som underkastelse.

# KAPITEL II

Efter en snabb onanisession i sitt sovrum tvättade Samantha sina händer och slog sig ner i sin säng.

Hon satte sig rakt upp med ryggen mot kudden och den bärbara datorn i knät.

Färsk från fotograferingen var hon beväpnad med nya känslor och upplevelser, vilket var perfekt för en amatörskribent som henne.

Han öppnade ordbehandlaren och fortsatte med sin skrivuppgift, som också skulle ligga till grund för hans första roman.

Jag har redan gjort flera sidor.

När Samantha skrev hamnade hon på en vägspärr.

Han undrade hur mycket av sitt personliga liv han skulle använda.

Han undrade i vilken utsträckning karaktären i berättelsen kommer att välja att utforska.

Och utforska vad?

Samanthas fantasi var sexuell underkastelse.

Det var det hon alltid hade längtat efter.

Det var vad hon ville.

Men att sätta det i boken skulle låta din familj och vänner veta dina inre tankar, eftersom de alla skulle läsa den.

De skulle undra om Samantha skrev en rent fiktiv berättelse, eller om hon uttryckte sina egna önskningar och använde boken som ett kommunikationsmedel.

Det var författarens dilemma.

Lyckligtvis kände hon mannen hon kunde prata med om detta.

Han öppnade sitt Gmail-konto och såg att han hade två mejl.

Den ena från en vän, den andra från fotografen som precis hade mailat den sista uppsättningen bilder som de tagit tillsammans tidigare samma dag.

Men det var inte viktigt just nu.

Hon skrev ett meddelande med en direkt rubrik: Kan vi träffas?

"Hej lärare,

Jag hoppas du mår bra. Framstegen med min skrivuppgift har varit stadiga, men jag har hamnat på en vägspärr när det gäller berättelsen.

Närmare bestämt kämpar jag med hur mycket av mitt personliga liv jag ska inkludera i det. Och ja, jag syftar på ämnet som vi diskuterade på ert kontor för några veckor sedan. Jag är säker på att du förstår hur jag måste känna om detta.

Snälla hjälp mig!

"Samantha"

Han skickade meddelandet.

Hon läste sedan sin väns mejl och skickade ett snabbt svar.

Till sist öppnade han fotografens mejl, som hade en kort kommentar tillsammans med en bilaga, som hade totalt sextioåtta bilder.

Hon laddade ner filen och tittade kort på bilderna.

Det var lite overkligt att se sig själv så.

Händerna bundna bakom ryggen.

Masken som dolde hans identitet.

Och hennes bröstvårtor blottade.

Bilderna på henne på knäna och på ryggen var spännande.

Erotisk konstentusiaster skulle definitivt köpa dessa bilder vid nästa visning på konstutställningar.

De var briljant gjorda, tyckte Samantha.

Han undrade kort om han skulle skicka samma bilder till professorn.

Kanske skulle han vilja se dem också.

Han förstår uppenbarligen Samanthas val, vilket hon uppskattade djupt.

Dessutom var de bilderna lite relevanta för hennes skrivaruppgift, eftersom det var ett uttryck för hennes egen sexualitet och utforskande.

Samantha skrev ytterligare ett mejl med en kort rubrik och ett kort meddelande till professorn.

Han bifogade filen med de sextioåtta bilder som fotografen hade tagit av honom samma dag.

Han skickade fler träldomsbilder till sin lärare, men den här gången skulle det vara avsiktligt, inte av misstag som förut.

Fingret dröjde lite på "skicka"-knappen i mejlet.

Hon tvekade.

Han raderade sedan mejlet helt.

Vad skulle läraren tänka om hon skickade honom ytterligare en uppsättning träldomsbilder?

Hon gjorde nog narr av honom, tänkte han, med tanke på att han sa till henne att den andra hade varit ett misstag.

Eller att hon desperat försökte förföra honom.

Det kom ett mejl.

Det var ett svar från läraren:

"Jag är såklart ledig imorgon klockan nio på morgonen. Jag undervisar en annan klass klockan tio på morgonen så tiden är begränsad.

Skicka mig din historia. Jag ska läsa den ikväll så kan vi diskutera den imorgon.

lärare"

Det var på gång och hjulen hade satts igång.

Hon mailade honom tillbaka med en bifogad berättelse.

Hon undrade vad han skulle tycka.

# KAPITEL III

Nästa morgon.

Dörren till professorns kontor stod öppen.

Som vanligt verkade han jobba och tittade på några papper på sitt skrivbord.

Samantha hade klätt sig likadant som deras senaste möte.

Något avslappnat, men elegant. Inte för sexig, inte för prudish.

Hon ville inte sända fel signaler, särskilt med vad de kommer att argumentera för.

Efter att ha knackat på dörren såg läraren eleven och bjöd in henne.

De utbytte några trevligheter när hon satt mitt emot honom vid skrivbordet.

Visst, de hade pratat många gånger i klassen, men ett privat möte var alltid mer speciellt.

"Har du läst allt?" hon frågade.

"Det gjorde jag. Och jag gillade det verkligen", svarade han. "Solidt arbete. Du har en bra talang. Jag tror att din styrka som författare är din realism. Det finns ett stort djup i karaktärerna."

Stoltheten exploderade inuti Samantha, men hon lyckades hålla tillbaka den.

"Tack. Jag har tänkt mycket på det här."

"Jag är säker på att du gjorde det. Som en skrivuppgift är det här förmodligen ett papper på A-nivå", förklarade han. "Men du är väl inte nöjd med det? Du vill bli romanförfattare."

"Det är så det är."

Läraren tog några papper.

"Några anteckningar jag gjorde, som jag ville diskutera med dig. De är enkla exempel för att utöka dina beskrivningar och sekundära berättelser så att du kan slutföra en bra bok. Även om jag inte förväntar mig att du ska göra det nu. Ärligt talat, om varje eleven gav mig en lång roman som jag ständigt skulle bli överväldigad av att läsa."

Samantha tog papperen och hennes ögon skannade snabbt anteckningarna.

"Det här är fantastiskt. Tack."

"Det finns ingen anledning att tacka mig."

"Gäller detta för alla elever?" hon frågade.

"Bara för studenter som vill bli romanförfattare och vill ha en extra nivå av kritik. Jag hjälper alltid gärna till i det avseendet."

"Har du någonsin legat med en student?" Han frågade rakt ut, utan att bry sig om de möjliga konsekvenserna.

"Varför frågar du mig det?"

"Jag gör karaktärsforskning för min skrivuppgift."

Han log.

"Är det så? Du är en direkt tjej, vet du det?"

"Blyga tjejer kan inte komma in i en sådan här skola. Det är säkert."

"Det har du nog rätt i."

"Så vad är svaret?"

"Det gjorde jag, med en student för några år sedan", svarade han. "Men kom ihåg att jag inte var en stalker. Jag har aldrig förföljt en kvinnlig student sexuellt."

"Så hur gick det till?"

"Låt oss säga att vi hade en gemensam vän och vi träffades på en fest. En swingersfest. Vi hade båda motsatta ändar av samma intresse. Hon var en hardcore undergiven. Jag var en erfaren Dom. Ni kan föreställa er resten."

"Intressant."

"Kommer detta verkligen att finnas i din berättelse?"

"Förmodligen", svarade hon. "I min berättelse bildar den unga kvinnan en relation med en man som är mycket äldre, och som har mycket mer erfarenhet i livet."

"Snygg också, hoppas jag."

"Åh ja."

"Apropå det, du nämnde något i ditt mejl om att införliva ditt personliga liv i din berättelse."

Samantha nickade.

"Det stämmer. Mitt hjärta och mitt sinne vill ta berättelsen i samma riktning. Saken är att den riktningen involverar, du vet, sex. De flesta unga människor går igenom den här fasen, där de bara vill utforska sex och dess skönhet Jag antar att det är därför det flödar in i mitt skrivande."

"Och du är orolig att folk kommer att döma dig baserat på innehållet i din berättelse."

"Precis. Gick du igenom samma sak med dina böcker?"

"Självklart. Men det är annorlunda. Jag är en man. Du är en ung kvinna. Samhället har olika standarder för oss när det kommer till sex. Men om du letar efter ett svar från mig i det avseendet, jag" förlåt, jag kan inte ge dig en. " svar. Det här måste vara ditt. Det här är din konst, din berättelse, inte min."

Samantha tänkte en stund och nickade.

"Kan jag visa dig någonting?"

"Självklart."

"Vänta en sekund."

Samantha tog tag i sin telefon och sökte igenom sina bilder.

Han lämnade sedan sin telefon till läraren.

"De är från en fotografering jag gjorde igår," förklarade han. "Jag skickade nästan dem till dig igår, men jag tyckte inte att det var lämpligt."

Han granskade de explicita bilderna.

"Så varför tycker du att det är lämpligt nu?"

"För att jag värdesätter din åsikt. Och jag ville visa dig att jag tog ditt råd från förra gången vi träffades. Du sa åt mig att respektera min kropp. Tja, det gjorde jag. Det gör jag. De poserna var min idé. Det är min fantasi. och mitt sexuella uttryck som en frisk ung kvinna."

Läraren tittade på bilderna i telefonen igen.

"Du ser verkligen ut som en frisk ung kvinna."

Han lämnade tillbaka telefonen till henne och Samantha lade undan den.

"Kan jag fråga dig en personlig fråga?"

"Varför inte? Vi har redan blivit personliga."

Hon svalde.

"Som en Mästare, vad skulle du göra med din undergivna, om hon var i den positionen? På knä med händerna bundna."

"Någon speciell anledning till att du vill veta detta?"

"Jag är bara nyfiken. Det kommer att hjälpa mig med min skrivuppgift eftersom jag skulle förstå vad en sann Mästare skulle göra i den situationen."

Han tänkte en stund.

Kanske tänkte han på vad han skulle göra.

Kanske funderade han på om han skulle säga det eller inte.

Samantha kunde inte berätta.

Till slut gav professorn sitt svar:

"Jag skulle träna din hals."

Hon blev kort förvånad.

"Jag, jag antar att du menar..."

"Deep throat. Ursäkta språket, men det är vad jag skulle göra. Det är det mest uppenbara i den positionen, eller hur? Du är på knä. Med händerna bundna bakom ryggen kommer du inte att vara kan motstå mitt muntliga inträde."

Samantha kände hur hennes fitta spändes.

"Det är verkligen vettigt."

"Jaha, det är så här man skapar en bra historia. Man föreställer sig alla scenarier och vad som skulle hända sedan. Hur de olika karaktärerna skulle reagera i varje situation. Det är så man ska tänka."

"Jag vet."

Han höjde ett ögonbryn.

"Det låter som att du har mer av hela din historia än vad du mailade mig."

"Jag har skickat allt till dig", sa han med ett skämtsamt uttryck. "Jag har också många idéer, men jag har inte skrivit ner dem ännu. Jag måste komma över ångesten för att folk känner till mina tankar."

"Författare kan inte tänja på gränserna om de är oroliga över vad folk tycker. Det är säkert."

"Har du något råd för det?" frågade han med en lätt hög röst, som om han antydde något.

"Tja, jag har skrivit alla mina romaner på samma sätt, vilket är att producera den bästa möjliga historien som jag vill berätta, och hoppas att folk skulle gilla att läsa den."

"Är vettigt."

"Men jag kommer inte att rekommendera det för dig, med tanke på arten av det vi har diskuterat," tillade han. "Det måste vara ditt beslut vilken typ av historia du vill berätta, hur ärlig den är och hur mycket sex du vill inkludera."

"Tänk om jag ville, du vet, tänja på gränserna?"

"Det är ditt beslut. Men som jag sa, var inte dum om det. Den här världen är full av människor som skulle vilja använda dig för sex."

"Tänk om jag ville bli använd? "

Professorn såg henne rakt i ögonen.

Hon såg tillbaka på honom.

Ingen av dem var okunnig.

De visste precis vad som gick igenom varandras tankar.

"Jag är för gammal för spel, Samantha," sa professorn. "Jag har redan varit generös med min tid och feedback. Så om du vill ha något mer av mig, spela inga spel, bara var en vuxen kvinna och säg det."

Samantha kände hur hennes bröst spändes.

Hon andades in och andades ut hårdare.

"Vill du hjälpa mig? Kommer du att lära mig?" Sa han redan självsäkert.

"Lär dig vad, exakt?" frågade han skarpt, som en lärare som skällde ut en dålig elev för att han var för vag. "Var tydlig."

"Skulle du vara min mästare?"

"Det valet är en gåva," sa han. "Man måste välja klokt."

Hon tog ett djupt andetag.

"Har jag bara gjort ett hemskt misstag? Gud, jag är en idiot. Jag är så ledsen. Snälla, jag ber dig, låt inte detta förstöra vår akademiska relation. Jag vill verkligen fortsätta arbeta med dig . "

"Är du högljudd när du får orgasmer?" frågade han rakt ut.

"Förlåt?"

"Det är en enkel fråga. Jag tror att du hörde mig rätt."

Hon harklade sig.

"Jag är nästan normal. Men allt beror förstås på mitt humör och hur jag mår."

"Lyft upp din skjorta och lyft sedan upp din behå för att exponera dina bröstvårtor, som på de bilderna."

Det var sanningens ögonblick.

Första gången Samantha skulle underkasta sig en man.

Han lyfte sin försiktigt strukna skjorta för att avslöja sin bara mage.

Sedan högre för att avslöja hennes vita behå, som innehöll hennes något störda bröst.

Hon lyfte sedan sin bh för att avslöja sina små rosa bröstvårtor.

"Är det här din idé att dominera mig?" frågade hon och nästan vågade honom att göra mer.

"Det är en början. Vill du gå längre?"

"Ja."

"Lek med dina bröstvårtor. Nyp. Kläm. Jag skulle vilja se hur du gör."

Samantha lydde läraren.

Hon nypte och klämde sina små rosa bröstvårtor medan de fortsatte att titta in i varandras ögon.

"Är det här min initiering?" hon frågade.

"Inte precis. Inte än."

Hon fortsatte att smeka sina bröst.

"Det är det inte?"

"Först måste jag se hur modig du är. En fotografering är en sak, det verkliga livet är en annan", förklarade han. "Slå upp blixtlåset för byxorna. Lek med din nakna vagina åt mig. Just där. Kom till orgasm, men gör det tyst. Sedan diskuterar vi hur du kan tänja på dina gränser senare."

Hon började knäppa upp byxorna.

"Det klarar jag av."

"Gör detta dig obekväm?"

"Det är lite konstigt", svarade hon med en lätt axelryckning. — Men det är spännande.

Med byxorna uppknäppta gled hon in sin högra hand i sina trosor och gnuggade sin klitoris.

De höll ögonkontakt medan hon onanerade, som om det var en utmaning av något slag.

"Vad tänker du på?" frågade.

"Vill du verkligen veta?"

"Självklart."

Samantha fortsatte att leka med sin klitoris.

"Båda gör en fotografering tillsammans. En bondage session."

"Vad skulle vi göra?"

"Du skulle binda mig. Då skulle du träna min hals."

"Hård eller mjuk?"

Hon log.

"Varför berättar du inte för mig?"

"Jag är alltid trevlig", svarade han och såg sin student onanera åt honom. "Jag föredrar att ta mig tid och gå långsamt. Om jag gjorde dig djup i halsen skulle det vara nästan romantiskt, på ett konstigt sätt. Jag skulle gå väldigt långsamt. Se till att du kan ta rätt mängd. När du är van vid det, skulle gå lite snabbare, lite hårdare."

Samantha gnuggade sin klitoris snabbare när hon lyssnade på sin lärares tala.

Hon föreställde sig scenariot han berättade medan han talade.

"Åh gud", flämtade han och gnuggade snabbare.

"Jag tror att du är redo att vara en undergiven. Och jag kanske skulle vilja vara din Mästare."

Samantha flämtade till orden "oh God" igen när hon nådde sitt klimax.

Det fanns ingen skam eller likhet när hon kom och såg professorn i ögonen.

Han var nästan andfådd ett ögonblick när hans kropp spändes och sedan släpptes.

Hon darrade lätt när allt var över.

Läraren reste sig upp och gick mot eleven, som fortfarande höll på att återhämta sig från sin orgasm.

"Bra gjort", sa han.

Läraren tog på sig Samanthas behå och drog in hennes bröst för att täcka hennes bröstvårtor.

Hon drog sedan ner hans skjorta och såg till att den var snygg och snygg.

Sedan hjälpte han henne knäppa byxorna.

När läraren var klar med att klä Samantha såg hon ut som ny, med ett ljust ansiktsuttryck och fingertopparna lätt fuktiga.

"Vad är nästa?" hon frågade. "För oss."

"Nästa? Jag har lektion snart. Jag måste gå. Och om jag inte har fel så har du lektion snart också."

"Jag förstår."

"Vill du träffas igen?"

Hon nickade.

"Jag älskar dig."

"Bara för att diskutera din skrivuppgift?"

Hon tvekade och rösten skakade.

"Jag vill, du vet, fortsätta med det här. Min träning. Den här erfarenheten är användbar för min skrivprocess."

"Och vad mer?"

Hon visste precis vad läraren ville höra.

"Och jag tycker att det här är väldigt spännande", svarade hon ärligt. "Det är min stora fantasi. Jag kom för dig och tänkte på dig. Jag vill vara din undergivna."

" Måndag. Kom hit, till mitt kontor, klockan sju på morgonen."

"Varför så tidigt?"

"Om du råkar skrika så vill jag inte att någon ska höra det."

Samanthas ögon vidgades och hennes fitta knöt ihop sig.

# KAPITEL IV

Under helgen deltog hon i ännu en fotografering med samma fotograf.

I samma studio.

Med samma tillbehör.

Bilderna blev mer riskfyllda när hon blev bekväm med sin sexualitet och undergivna preferenser.

Hon bad om att linorna skulle vara tätare.

Hon ville försöka känna hur det var att vara en riktig undergiven.

Och hon gjorde just det.

Slutresultatet var väldigt erotiskt, men gjort med stor smak.

Samantha låg återigen på knä, hennes handleder bundna framför sig och en svart mask i ansiktet.

Under fotosessionen i alla kroppsuttryck hon gjorde utstrålade hon en hög sensualitet eftersom hon hela tiden tänkte på att läraren tränade henne.

Tillbaka i sovrummet skrev Samantha non-stop och intensivt på sin bärbara dator, sittande i sin favoritskrivställning, på sin säng, med ryggen mot kudden.

Hennes rumskamrat, Vicky, låg på sängen bredvid, endast klädd i en t-shirt.

När Vicky sträckte ut sin kropp blottades hennes fitta, men de var båda vana vid varandras kroppar.

"Allt du gör är att skriva," sa Vicky. "Har du någonsin tråkigt med det där?"

Samantha fortsatte att skriva.

"Aldrig."

"Du får nog bra betyg den här terminen på allt du har skrivit. Kom igen, låt oss gå ut och äta hamburgare och shakes."

"Jag måste titta på min kost."

"Så är det bara att äta hamburgaren och hoppa över shaken."

Samantha gjorde en paus och tittade på sin rumskamrat.

"Det är ingen dålig idé. Det var för länge sedan jag senast åt en hamburgare."

"Min gåva. Och jag vet exakt platsen," sa Vicky och hoppade upp ur sängen.

Samantha var på väg att stänga sin bärbara dator när hon kom ihåg något.

Hon letade efter bilderna.

"Vänta, kan jag visa dig något riktigt snabbt?"

Vicky gick fram och tittade på de explicita bilderna på den bärbara datorn.

Bilder på en delvis naken Samantha, på knäna, knutna handleder och slående sensuella poser.

"Jävla tjej", utbrast Vicky. "Är det verkligen du?"

"Ja."

"Jag hade ingen aning om att du kunde vara så..."

"Sexsymbol?" Samantha skämtade. "Jag försöker hålla den sidan dold."

Vicky skrattade.

"Tja, vad du än gör, fortsätt med det. I den här takten behöver du inte ens en högskoleexamen, du kan vara en professionell modell."

"Jag föredrar min nuvarande karriär."

"Vad som helst fungerar för dig. Under tiden är jag hungrig. Låt oss klä på oss."

Samantha tittade på när hennes rumskamrat gick fram till garderoben och tog av sig skjortan och lämnade henne helt naken.

Som vanligt kände Samantha lite beundran över att Vicky var välsignad på bröstavdelningen, med stora, uppseendeväckande bröst, men Samantha försökte att inte vara svartsjuk.

Hon kände också lite skuld för att hon inte berättade för sin sambo om situationen med läraren.

Sedan gymnasiet var de alltid ärliga om allt, särskilt om pojkar.

De höll aldrig hemligheter för varandra.

Men det här var annorlunda.

Läraren fick Samantha att lova att inte berätta för någon, och Samantha höll alltid sitt ord.

Innan hon gick upp ur sängen öppnade Samantha snabbt sitt Gmail-konto och skrev ett meddelande till sin lärare.

Hon bifogade den senaste versionen av sin skrivuppgift.

Han bifogade sedan de sista träldomsbilderna han hade tagit den dagen.

Skickat.

Samantha la undan den bärbara datorn och tog av sig kläderna och klädde av sig bredvid sin rumskamrat.

Jag behövde akut äta något laddat med kalorier.

# DEL TRE
# REPURNA

# KAPITEL I

När måndagsmorgonen kom var Samantha inte längre orolig för sin outfit eller sitt utseende.

Inte som han hade varit vid de andra tillfällena han hade träffat professorn.

Hon var redan van vid att träffa läraren privat och hade redan onanerat för honom.

Hon var klädd i en enkel blus, håret i en hästsvans och lätt smink i ansiktet.

Det var också för tidigt att ha på sig något annat.

Det fanns också de korta instruktioner som professorn hade mailat honom kvällen innan.

Han bad henne att ha en kort kjol och inte ha trosor.

En begäran hon var ivrig att uppfylla, även om hon inte hade en aning om vad som skulle hända.

Professorn anlände till byggnaden ungefär samtidigt.

Under den tiden på dygnet var nästan ingen i närheten.

Hon bar på sin vanliga kontorsväska, som vanligtvis innehöll hennes bärbara dator och böcker för lektionen, tillsammans med nycklar i handen för att öppna kontorsdörren.

Vid det här laget hade deras förhållande blivit avslappnat och när de sågs undrade de över varandras helg.

Samantha kände att hon blev lite mer flirtig med honom, och läraren var mycket mindre hård än i klassrummet.

Professorn låste dörren när de kom in på kontoret, vilket var ovanligt eftersom han aldrig höll den låst när de var inne.

När de satt mitt emot varandra förändrades samtalet.

"Jag läste ditt dokument," sa han. "Och jag såg dina bilder."

Detta gjorde henne nervös av någon anledning som hon inte kunde förklara.

Hon försökte dölja det faktum att hon ryckte kort, eftersom hon inte ville visa honom någon form av svaghet.

"Vad tyckte du om allt det där?"

"Jag tycker att ditt skrivande är gediget. Berättelsestrukturen är bra. Grammatik är oklanderlig. Du har stor förståelse för det engelska språket och jag gillar att du varierar beskrivningarna. Det viktigaste är att berättelsen och karaktärerna är välutvecklade. Det verkar nästan "Det känns självbiografiskt. Det är levande. Jag gillar det."

När som helst skulle Samantha ha blivit helt smickrad av det beröm hon just hade fått av en lärare som hon respekterade djupt.

Men nu, när hon satt utan trosor på, var det det sista hon tänkte på.

"Vad tyckte du om bilderna?"

"Du är en vacker ung kvinna, Samantha," sa han. "Jag har alltid tänkt så om dig."

"Du ville att jag skulle komma hit klockan sju på morgonen, när ingen annan är i närheten. Du sa åt mig att ha kjol på mig. Och jag har inte heller trosor."

"Så, du har kommit hit bara för att bli tränad, är det det?"

Hon nickade.

"Lämnar jag mig?"

"Stå upp och se framåt."

Samantha reste sig, anpassade sin skjorta och kjol så att hon såg snygg ut och tittade framåt.

Professorn reste sig också och gick fram till henne, tittade noga på hennes unga vackra ansikte och försökte läsa hennes ansiktsuttryck.

Samanthas läppar verkade dra ihop sig.

Hans kropp var spänd och stel, men det var en liten glimt i hans ögon, som om han hade väntat länge på detta.

"Jag gillar dig verkligen, Samantha," sa han. "Du är smart, motiverad, väldigt snäll och vacker."

"Tack", sa hon nästan viskande.

"Jag måste säga att jag trivs med att vara Mästare. Det är något jag tar på största allvar. Och jag ger alltid den största omsorgen om mina tjänare."

tjänare? Samantha gillade vart detta tog vägen.

"Jag förstår", svarade hon.

"Hur är det med dig? På grund av vår åldersskillnad och min position på universitetet kommer vi aldrig att kunna dejta. Vi kommer aldrig att kunna bli romantiskt involverade. Stör det dig?"

"Jag kan hålla en hemlighet. Och jag är för upptagen för att ha en pojkvän."

"Så, söta Samantha letar efter en mästare? Av rent sexuellt behov, eller hur?"

"Jag tror att du redan vet", sa han mjukt.

"Har du tänkt på det här? Jag är din första Mästare? Ge dig själv till mig helt och hållet? Jag kommer aldrig att gå halvvägs. När du väl är min kommer jag att göra vad jag vill med dig. Jag kommer att pressa dig till dina gränser. Men om du vill avsluta det, kommer det att vara över."

Samanthas fitta knöt ihop sig.

"Det är vad jag letar efter. Jag har alltid velat, du vet, vara en undergiven. Och jag vill vara det med dig."

"För jag?" han frågade.

Hon blev nervös.

"På grund av din erfarenhet av det här. Jag älskar att du är så försiktig. Och jag älskar hur du tänker. Den du är. Jag älskar hela lärar-elev-grejen. Jag älskar den auktoritära makten du har över mig."

"Lyft din kjole."

Samantha lyfte på kjolen för att avslöja hennes renrakade vagina och bara rumpa.

Hon var nervös och hennes händer skakade lätt när hon höll i kjolen.

"Du är vackrare personligen än på foton," sa han.

"Tack."

"Böj dig nu. Lägg händerna på mitt skrivbord. Sprid benen."

Samantha lydde.

"Vad ska du göra?"

"Jag ska göra dig en stor tjänst. Det här är för din skrivuppgift. Jag gillar vart din berättelse är på väg. Men du har några saker att lära dig. Om du vill skriva ordentligt om en sexuell resa, då som din lärare , jag skulle vilja att du gör det."

Samanthas fitta ryckte till när hon behöll sin position på skrivbordet.

Han höll blicken rakt fram medan professorn letade igenom sin kontorsväska.

Jag hade ingen aning om vad jag letade efter, och jag ville inte titta heller.

Jag var för rädd för att titta.

Hon ville bara låta saker utvecklas.

Hans händer började gnugga hennes släta rumpa och tonade lår.

"Vilka vackra ben", konstaterade han. "Jag ska sätta en plugg i din rumpa. Har du någonsin känt en sådan förut?"

"Nej. Tror du att jag kommer att gilla det?"

"Om du slappnar av och gör som jag säger till dig kommer du att njuta av många saker."

Professorn knådade sin rumpa som om det vore deg.

Krama hårt och massera.

När han spred hennes rumpa kände sig Samantha väldigt utsatt.

Hon visste att han tittade djupt in i hennes anus.

Sedan släppte han taget.

"Det här kan kännas lite kallt," sa han och öppnade en glidmedel.

Samanthas kropp ryckte till när professorn rörde vid hennes anus med sina smorda fingrar, men hon återtog snabbt kontrollen och höll sig stilla.

Fingrarna cirklade runt hennes anus innan de tryckte in och täckte hennes ändtarm med analsmörjmedlet.

"Gillar du analsex?" frågade.

"Åh, ja. Men bara om jag är på bra humör. Som ni ser är jag lite tight där bak."

"Det känns så. Slappna av nu, det här kommer att kännas lite obehagligt i början, men du vänjer dig. Jag lovar."

Efter att ha flyttat bort fingret tryckte professorn en plugg mot Samanthas anusring.

Det var fyra tum.

Hanterbar för vilken dam som helst.

Han tryckte försiktigt och pluggen gick genom ringen på hans anus, tack vare smörjmedlet.

kropp vred sig och flämtade, men hon behöll sitt lugn.

Han tryckte in den tills den var helt inne.

Buttpluggen var designad för att gå i fyra tum och stoppades sedan av en plan yta, så att Samantha kunde sitta ner senare utan alltför mycket besvär.

"Nu ska jag föra in något i din vagina", sa han. "En liten vibrator som bara jag kan kontrollera."

Samantha skakade på rumpan.

"Jag är överlämnad till din nåd."

"Duktig flicka."

Professorn tittade i sin kontorsväska och tog fram en liten vibrator som var cirka sex tum lång, som hade remmar så att den kunde knytas.

Han delade Samanthas tunna bruna läppar och avslöjade hennes rosa slits.

Hon var blöt, så jag visste att hon var tänd.

Sedan tryckte han vibratorn mot hennes våta hål och tryckte.

Det var lätt att komma in, särskilt eftersom Samanthas ben var utspridda och hennes fitta var upphetsad.

Tum för tum tog sig vibratorn in i Samanthas fitta.

Hon tryckte sin hand på bordet, njöt av känslan av entrén och njöt också av att det var professorn som gjorde det.

När den lilla vibratorn var helt inne, spände läraren fast remmarna runt Samanthas ben och baksida, tills vibratorn var helt säker.

"Oavsett hur hårt den lilla saken vibrerar, jag kommer ingenstans." Hon trodde

"Sätt dig nu", sa professorn.

Samantha reste sig, rätade på kjolen och satte sig tillbaka i sätet framför skrivbordet.

Det var lite jobbigt som jag hade förväntat mig.

Det var första gången jag använde en buttplug, och det var konstigt att sitta på.

Hans ändtarm sträcktes och han kände att rumpan redan gjorde ont.

Vibratorn fastspänd inuti hennes fitta var också en konstig känsla.

Jag hade aldrig känt något liknande förut.

Vanligtvis när något av den formen och storleken fanns inuti hennes fitta, låg Samantha på ryggen, eller på alla fyra, utan att sitta upp.

Tillsammans var känslan overklig.

Båda hennes hål var fyllda med sexleksaker.

Och det var av en anledning.

Hur obekvämt det än var så var det också sexuellt spännande.

"Närnäst ska jag binda dig vid stolen", sa han.

Hon svalde.

"Det klarar jag av."

Professorn var trogen sitt ord.

Inuti hans kontorsväska fanns blåfärgade rep som verkade ha en slät struktur.

När Samanthas vänstra handled var bunden till soffan såg hon att hon hade rätt.

Repet kändes mjukt mot hennes dyrbara hud.

Knuten läraren knöt verkade professionell och korrekt.

Och han gjorde det med perfekt press.

Samma process upprepades med hans högra handled.

Därefter kom hans anklar.

Hon såg professorn skickligt upprepa processen med var och en av sina anklar.

Hon tittade på honom och förundrades över hans färdigheter.

Han var verkligen en erfaren Mästare, speciellt när det gällde rep, tyckte hon.

Inte konstigt att professorn var så förstående om Samanthas träldomsbilder, eftersom han hade exakt samma fetisch, tänkte han.

När han var klar var Samantha helt bunden vid stolen, med sexleksaker i rumpan och slidan.

Detta var en annan sorts eufori än att delta i en fotografering.

Det här var det verkliga livet.

Och han var helt överlämnad till sin lärare, som han beundrade djupt.

Han lutade sig bakåt med rumpan vilande mot skrivbordet och tittade på sitt arbete.

Samantha knuten till sätet.

"Jag önskar att du kunde se dig själv", sa professorn. "Så vacker, så hjälplös. Den perfekta uppvisningen av underkastelse."

Hon nickade.

"Tack vare dig."

"Är det här vad du förväntade dig? Hur känner du? Ångrar du det här? Tycker du att det är förödmjukande? Berätta för mig och var exakt."

Hon samlade sina tankar.

"Jag känner mig levande. Som om jag är trygg med dig. För jag vet att du aldrig skulle skada mig. Det finns en tröst i det. Och jag älskar att vara under din kontroll. Din sexuella kontroll. Att ge mig själv till dig. Det gör jag inte vet om jag någonsin skulle kunna förklara det fullständigt." , men det är så jag känner."

"Där är den", påpekade han. "Det är de tankarna du behöver tänka på för att bli en stor romanförfattare en dag. Du håller på att bli en kvinna i samklang med sig själv. Blomstrar."

"Jag vill också känna det."

"Jag är ett steg före dig", sa han och höll upp en liten apparat. "Dessa knappar styr vibratorn inom dig. Vilket betyder att jag nu kontrollerar din kropp och ditt sinne. Vill du fortfarande uppleva den livsstil du har längtat efter så länge?"

"Ja..."

Så fort de orden slapp hans läppar tryckte professorn på en knapp som fick vibratorn att aktiveras.

Hela Samanthas kropp skakade och hennes ansikte grimaserade.

Hennes armar drog ofrivilligt i repen när hon drog, men till ingen nytta var repen för starka.

"Det är bara det första steget", sa han.

Sexleksaken fortsatte att vibrera i hennes fitta.

"Åh gud, det känns... Jag har aldrig använt en sådan vibrator förut. Det känns så..."

Läraren såg hur eleven slingrade sig försiktigt när han tryckte på en annan knapp och höjde vibratorns kraft ytterligare ett snäpp.

Samantha såg andfådd ut när hennes ögon vidgades och hennes mun bildade ett O.

Det verkade som om hon tillfälligt var andfådd när vibratorn utövade sin magi.

"Detta är kärnan i underkastelse", sa professorn. "Jag har fullständig kontroll. Du är helt vilsen. Och det är min plikt att få dig att komma. Nu behöver du inte undra hur det är längre. Du upplever det på egen hand, eller hur?"

Hon kämpade för att tala.

"Ja..."

"Vill du få orgasm?"

Hon nickade.

"Ja..."

Hans röst slocknade när vibrationerna blev överväldigande.

Sedan tryckte professorn på strömbrytaren som tog vibratorn till högsta hack.

Detta fick Samanthas hela kropp att skaka och hennes händer att knyta ihop sig.

Hennes skinkor tryckte ofrivilligt mot stroppen på hennes rumpa.

Hans ögon stängdes och han stönade högt.

När Samantha grät och skrek sänkte läraren vibratorn till första hacket och Samantha kunde lugna ner sig.

"Du är för högljudd ", konstaterade professorn. "Vi kan bli gripna om du skriker så."

"Jag är så ledsen", svarade hon och andades tungt medan sexleksaken fortfarande nynnade i hennes fitta. "Det var så intensivt. Jag hade aldrig känt något liknande förut."

"Men du vill fortfarande få orgasm, eller hur?"

Hon nickade med ögonen som en söt valp.

"Självklart."

"Då måste jag sätta munnen på dig på något sätt. Några förslag på vad jag kan stoppa i din mun för att hålla dig tyst? "

Det var en retorisk fråga.

De visste det båda två.

Samantha var smart nog att förstå vad professorn föreslog.

Och hon älskade honom också, av hela sitt hjärta.

"Din kuk."

Han log.

"Bara för att hålla dig tyst ? Eller vill du att jag ska träna din mun?"

"Jag vill bli tränad. Deep throat, precis som jag har fantiserat om."

"Duktig flicka."

Läraren la ifrån sig fjärrkontrollen och började knäppa upp byxorna.

Samantha såg med oroliga ögon när professorn frigjorde sig.

Hon märkte att han var nästan helt upprätt och hans storlek var ganska imponerande.

Det tände henne bara mer.

Han klev fram, hans kuk dinglande framför Samanthas ansikte, fjärrkontrollen tillbaka i handen.

"Jag ska stoppa min kuk i din mun", sa han. "Du kommer att suga den. Och du kommer att gå djupt i halsen. Samtidigt ska jag få dig att sperma med vibratorn. Förstår du mig?"

"Ja", höll han med.

"Kom ihåg den här känslan. Använd den här känslan för ditt skrivande. Kanske kommer du att älska det. Kanske kommer du att hata det. Men du försökte åtminstone."

"Jag vill ha det. Mer än något annat."

Med det styrde professorn sin kuk mot Samanthas ansikte.

Hon öppnade munnen och accepterade det.

Den gled mellan hennes läppar och hon lindade sina läppar runt den och sög på den.

Professorn flämtade.

"Du har en mun som en ängel", noterade han. "Fortsätt suga."

Och Samantha gjorde det.

Hon sög och guppade på huvudet så gott hon kunde.

Allt han kunde göra var att flytta nacken fram och tillbaka.

Hon arbetade med sina läppar och sin tunga.

Hon gav honom ett bra sug och virvlade tungan runt spetsen av hans erektion.

Det var något hon visste att män absolut älskade.

Och hon älskade att göra det.

Hon älskade också att känna hans kuk bli hård i munnen.

"Slappna av", sa han. "Jag ska gå djupare. Kämpa inte mot det."

Professorn lade en hand på toppen av Samanthas huvud, tryckte sedan försiktigt och tog hans penis djupare.

Hon kvävdes lite, sedan backade han.

Han kände nu till Samanthas orala gränser .

Flickan hade en standard gag-reflex.

Han gick in igen, precis där Samanthas gag-reflex var, och det var så långt han gick.

Han ville träna hennes hals sexuellt, inte få henne att kräkas.

"Det är nu jag ska få dig att sperma," sa han. "Slappna av i kroppen. Du är nu under min kontroll."

Läraren tryckte på knappen och vibratorn återgick till högsta hacket.

Samantha slingrade sig i sin plats, behandlad som en slav.

Hennes skinkor klämde återigen in pluggen i hennes lilla hål.

Hans ögon blev fuktiga.

Hans händer bildade täta knutar.

Hans fingrar knöt sig inuti hans skor.

Det lilla kontoret var fyllt av ljudet av den lilla men kraftfulla vibratorn som utövade sin magi inuti Samanthas våta fitta.

Det kom också munkavle och dova tjut från Samanthas mun.

Otrevliga ljud av sugande och slurpande.

"Fortsätt suga", sa han. "Du kan göra båda. Sug på det och få din orgasm samtidigt."

Samantha återvände till att koncentrera sig på att suga professorns kuk.

Kanske kommer det att eliminera de extrema känslorna i hans nedre region, tänkte han.

Hon försökte sitt bästa för att flytta tungan runt medlemmen, men det var svårt eftersom hanen var upp till halsen.

Han försökte också jobba med läpparna så gott han kunde.

Hon hade aldrig sänkt en kille tidigare, så det här var en ovanlig lärorik upplevelse för henne.

När hon sög växte förnimmelserna i hennes fitta till en kraftfull intensitet.

Trycket växte och växte.

Det gjorde också smärtan som orsakades av de långvariga vibrationerna, tillsammans med smärtan i ändtarmen och smärtan där hans lemmar var bundna.

Hon gjorde ett ljud dämpat av hans kuk.

"Är du nära att komma?"

Hennes tårade ögon såg på professorn.

Med valpögon.

Hon nickade lätt, så gott hon kunde, utan att skada professorns kuk.

Professorn log.

"Cum för mig, älskling. Slappna bara av och låt det hända."

Samantha slöt ögonen och koncentrerade sig på att suga kuken, som var i hennes hals, tillsammans med de kraftfulla känslorna i hennes nedre region.

Visst kom orgasmen.

Nu kunde han inte längre behålla greppet om knytnävarna och tårna.

Hans muskler slappnade av.

Hans kropp gjorde ont.

Hon kände en kraftfull släpp i hennes fitta.

Trycket nådde sin kulmen och orgasmen var bortom ord.

När det kom kändes det som sprutor.

Vätskor forsade ut ur hennes fitta, täckte vibratorn och gjorde en röra där hon satt.

Normalt sett skulle hon vara livrädd för röran han gjorde på hennes kjol, eftersom hon skulle behöva gå genom korridorerna och över campus med den där orgasmfläcken.

Men det här var inte en normal tid, inte i det ögonblicket.

Det enda som betydde något för honom var den där intensiva känslan.

Inget annat spelade någon roll.

Fan den blöta kjolen.

Detta var den mest otroliga orgasmen i hela hennes liv.

Hon andades tungt med slutna ögon.

Sedan slappnade han av och suckade.

Det var då läraren visste att han precis hade avslutat cumming.

Det var ingen idé att störa Samantha mer, så hon stängde av vibratorn.

"Det var vackert", sa han. "Men nu är det min tur. Har du energi kvar?"

Hon tittade upp och nickade, hennes ögon bildade tårar av orgasmen hon just hade upplevt.

Professorn gungade med höfterna.

För sista akten ville jag knulla hennes mun och hals, och jag gjorde precis det.

Hon fortsatte att suga.

När hans energi återvände gick han tillbaka till arbetet med tungan, tillsammans med läpparna.

"Svälj den", sa han.

Han höll Samanthas huvud stilla med ena handen och med den andra handen strök han ursinnigt längden på sin hårda, rasande kuk, medan spetsen av hans erektion var i Samanthas varma mun.

Samantha kände sig stolt över att hon kunde göra läraren så hårt, och det här fungerade.

Det fick henne att känna sig sexig, önskvärd och önskad av honom.

Orgasmen sköt in i elevens mun.

Strål efter sperma kom in i Samanthas mun, på hennes tunga och ner i halsen.

För varje spruta sperma svalde Samantha.

Det var något hon gillade att göra, speciellt nu för mannen som just hade gett henne den där minnesvärda orgasmen.

Hon njöt av smaken och konsistensen av hans sperma.

Han smakade det i munnen.

Han rullade runt den med tungan.

Detta var inget hon snart skulle glömma.

Hon fortsatte att suga tills allt var slut.

Sedan, när sperma slutade, virvlade hon sin tunga runt huvudet på hans kuk och slickade öppningen.

När hanen blev mjuk lät hon den falla ur munnen och gav huvudet en kyss adjö i processen.

Samantha tittade på sin lärare, som tittade på henne.

Deras ögon möttes.

Det fanns en subtil förståelse mellan dem.

De visste vad den andre tänkte.

Samantha var en undergiven tjej som äntligen fick uppleva sin fantasi.

Och professorn var en man som kunde njuta av sin kärlek till att utbilda kvinnor.

"Det är upplevelsen av att vara undergiven", sa hon. "Nu vet du. Gör vad du vill med den kunskapen."

"Jag älskade det. Varje sekund av det," suckade han och tog en stund på sig att komponera sig.

"Jag är glad att du upplevde det du ville. Om du är en bra tjej kan vi göra det här igen."

Hon gav honom ett ömt leende:

"Bättre. För att jag skriver en lång roman."

När läraren lossade elevens handleder gav han mjuka kyssar på hennes panna.

Han var en medkännande mästare.

Och Samantha var en mycket nyfiken och envis undergiven.

Klart de skulle göra det igen, tänkte han.

# SLUTET